Marion Schwenninger

Ein Fall für Tessa

Deutsch als Fremdsprache
Niveaustufe A2

Lektüren für Jugendliche

Mit Aufgaben von Andrea Haubfleisch
und Illustrationen von Maya Franke

Hueber Verlag

1 ◀ 🗎   Aufgabe vor dem (Weiter-)Lesen

🗎 ▶ 2   Aufgabe nach dem Lesen

( ) ▶ 3   Klassenaktivität

Hinweis zur Ausgabe mit Audio-CD:
Kapitel 1 = Track 1
Kapitel 2 = Track 2
usw.

| 3. 2. 1. | Die letzten Ziffern |
| 2017 16 15 14 13 | bezeichnen Zahl und Jahr des Druckes. |

Alle Drucke dieser Auflage können, da unverändert, nebeneinander benutzt werden.
1. Auflage
© 2013 Hueber Verlag GmbH & Co. KG, 85737 Ismaning, Deutschland
Redaktion: Andrea Haubfleisch, Frankfurt am Main
Umschlaggestaltung: Parzhuber und Partner, München
Fotogestaltung Cover: wentzlaff | pfaff | güldenpfennig
kommunikation gmbh, München
Coverfoto: lesendes Mädchen © Thinkstock/iStockphoto
Junge © fotolia/Gina Sanders
Layout: Lea-Sophie Bischoff, Hueber Verlag, Ismaning
Satz: Sieveking · Verlagsservice, München
Illustrationen: Maya Franke, Stuttgart
Zeichnungen: Gisela Specht, Weßling
Druck und Bindung: Auer Buch + Medien GmbH, Donauwörth
Printed in Germany
ISBN 978-3-19-711672-3
ISBN 978-3-19-701672-6 (mit CD)

1

„Tessa, nicht so schnell! Warte auf mich!", ruft Annette. ( ) ▶ 1

Die beiden Freundinnen fahren mit dem Fahrrad.

Auf der Straße ist viel Verkehr.

„Mama hat mir und Jacob heute Abend eine Überraschung[1]

5 versprochen. Ich muss mich beeilen", ruft Tessa.

Sie fährt noch schneller.

Annette ist nicht so fit und muss husten.

„Ich bin müde vom Schwimmen. Du nicht?"

Tessa bremst[2] ein bisschen.

10 „Nein! Ich bin viel zu neugierig. Vielleicht fahren wir doch

noch in den Urlaub."

„Jetzt noch wegfahren? Aber die Schule fängt doch in einer

Woche an."

„Die Ferien sind so langweilig. Es muss einfach noch etwas

15 passieren", meint Tessa und fährt wieder schneller. Ihre

langen braunen Haare fliegen im Wind.

„Was denn?", ruft Annette.

„Etwas Aufregendes natürlich!", antwortet Tessa.

Was denn sonst? ▤ ▶ 2

---

[1] die Überraschung, -en
*Tessa und Jacob bekommen ein Geschenk. Sie
wissen aber nicht, was es ist: Es ist eine …*

[2] bremsen
langsamer werden

*

20 „Hilft mir bitte jemand?"

Mama räumt Teller in die Spülmaschine. Papa steht auf und macht mit.

Tessa bleibt am Tisch sitzen.

„Dummer Führerschein[3]! Dummes Geld!", sagt sie leise.

25 Jacob isst ein Wurstbrot mit Banane und liest zufrieden in einer Motorsport-Zeitschrift.

„Ich würde gern diese Autoshow sehen. Geht das?"

Er zeigt auf eine Seite in der Zeitschrift.

„Sicher. Du darfst dir dein Geschenk aussuchen. Was für eine

30 Show ist das?", möchte Papa wissen.

Jacob liest den Text vor:

„Das Motorsport Highlight des Jahres! Die …"

---

[3] der Führerschein, -e
Wenn man 18 ist, darf man den Führerschein machen und dann Auto fahren.

„Und wann bekomme ich endlich meine Überraschung?", ruft
Tessa dazwischen.

35 Papa sieht Tessa an.

„Langsam, junge Dame! Du solltest dich mit deinem Bruder
freuen, dass er die Prüfung geschafft hat. Wenn du alt genug
bist, darfst du auch den Führerschein machen."

„Ich will aber eine Reise machen! Dafür bin ich jetzt schon alt
40 genug", ärgert sich Tessa und steht schnell auf.

Mama möchte etwas sagen, doch Jacob ist schneller.

„Wenn man erwachsen ist, braucht man einen Führerschein.
Aber du bist ja noch ein Kind. Das verstehst du nicht",
erklärt er.

45 Tessa sieht ihren Bruder böse an.

„Du bist noch lange nicht erwachsen, nur weil du Auto fahren
darfst. Oder spielen alle Erwachsenen noch mit Schlümpfen⁴?"
Sie rennt aus der Küche.

„Kinder! Was die immer für dummes Zeug⁵ reden", meint Jacob
50 und liest weiter.

„Wolltest du deine Schlumpfsammlung nicht schon lange dem
kleinen Lars von nebenan schenken?", fragt Mama.

Jacob sieht auf die Uhr.

„Oh! Schon so spät? Sofia wartet. Ich muss los."
55 Er eilt aus dem Haus. Das Bananenwurstbrot und die Zeitschrift
nimmt er mit.

Mama und Papa sehen sich an und lachen.

„Kinder!" ▶ 3

---

⁴ die Schlümpfe (Pl.)
Kleine blaue Comicfiguren.
Sie sehen aus wie Zwerge.

⁵ dummes Zeug reden (ugs.)
Unsinn reden

2

4 ◀ 📄

„Klopf, klopf. "⁶

Tessa ist in ihrem Zimmer und hört Musik.

An der Tür hängt ein Zettel: *Bitte nicht stören.*

„Darf ich reinkommen?", fragt Mama vorsichtig.

5 „Ich bin nicht da!", antwortet Tessa laut.

„Prima. Wenn du nicht da bist, kann ich dich auch nicht stören."

Mama öffnet die Tür. Sie hat eine große Tüte in der Hand. Tessa

liegt auf dem Bett mit einem Kissen⁷ auf ihrem Gesicht.

Mama setzt sich zu ihr.

10 „Es tut mir leid, Tessa. Aber eine Reise ist dieses Jahr einfach

zu teuer."

Tessa wirft das Kissen weg.

„Und was ist mit meiner Überraschung? Du hast sie mir

versprochen", ruft sie.

15 „Ja, das habe ich. Und versprochen ist versprochen."

Mama legt die Tüte aufs Bett.

„Hier! Vom Flohmarkt."

Tessa setzt sich auf.

„Das soll meine Überraschung sein? Ich möchte aber keine

20 alten Sachen", beschwert sie sich.

„Neue Sachen sind doch langweilig", meint Mama.

Tessa nimmt die Tüte. Sie ist sehr schwer.

„Das ist nur ein kleiner Teil. Die große Überraschung ist, dass

wir nächstes Frühjahr alle zusammen nach London fahren."

25 Tessa weiß nicht, was sie sagen soll.

Sie springt aus dem Bett und ruft: „Hurra!"

⁶ Klopf, klopf.
hier: *an die Tür klopfen*

⁷ das Kissen, -

„Dann kannst du endlich das Sherlock-Holmes-Museum
besuchen", schlägt Mama vor. „Das ist doch dein größter Wunsch."
Sie zeigt auf die Tüte.

30 „Und das hier ist so etwas wie ein Reiseführer."
Tessa sieht hinein und bekommt große Augen.
„Super! Danke!"
Sie packt die Tüte aus.
Mama geht leise aus dem Zimmer und schließt langsam die Tür.

35 Es klopft.
„Ja?", antwortet Tessa.
Mama kommt noch einmal ins Zimmer.
„Ach, du bist ja doch da."
Beide müssen lachen.

40 „Viel Spaß damit, meine Süße. Und träum was Schönes!"

*

Ein paar Stunden später ist Tessa immer noch wach. Sie liegt im
Bett und liest ein Buch.
,Mama ist super', denkt sie. ,Die Krimis mit Sherlock Holmes mag
ich besonders.'

45 Draußen ist es dunkel. Ein Gewitter kommt.
Plötzlich geht das Licht aus.
Da! Ein Klopfen am Fenster!
Was war das?
Tessa wartet ein paar Sekunden. Doch nichts passiert.

50 Endlich geht das Licht wieder an.
,So was! Es war nur der Wind.'
Das Fenster ist weit offen und klopft gegen die Wand.
Tessa will das Fenster schließen und steht auf.
Da fällt ein Zettel aus dem Buch.

55 ‚Oh! Noch eine Überraschung von Mama?'

Auf dem Zettel stehen Buchstaben und Zahlen:

Tessa wird neugierig und sieht sich das Buch genauer an. Auf der ersten Seite findet sie einen kurzen Text:

Für meinen Bison – den klügsten Jungen der Welt!

60 ‚Bison? Was für ein komischer Name. Vielleicht ist es eine wichtige Nachricht? Oder ein altes Geheimnis[8]? Vielleicht braucht jemand Hilfe? Cool! Ein richtiger Fall[9]!', denkt Tessa aufgeregt. ‚Mama hat recht. Alte Sachen sind nicht langweilig. Im Gegenteil!'

📄 ▶ 5

( ) ▶ 6+7 „Endlich", ruft sie fröhlich, „passiert etwas Aufregendes!"

---

[8] das Geheimnis, -se
Man möchte den anderen etwas nicht sagen: Man hat ein Geheimnis.

[9] der Fall, ¨; einen Fall lösen
hier: die Fragen beantworten; herausfinden, was die Notiz bedeutet

3

„Tessa, nicht so schnell!", sagt Annette. „Ich muss mich doch erst anmelden."

Sie sitzt an ihrem Schreibtisch und schreibt auf der Tastatur.

Tessa steht unruhig neben ihr. In der Hand hält sie das Buch und
5 den Zettel mit der Notiz.

„O.K. Es kann losgehen. Wie war der Name?", fragt Annette.

„Bison[10]", antwortet Tessa.

Annette schreibt.

„Doch nicht Biensohn! B-I-S-O-N", buchstabiert Tessa
10 langsam. „Wie das Tier aus den Western[11]. Und gib noch ‚München' ein. Vielleicht finden wir ihn so schneller."

Annette klickt auf *Suchen*.

Beide Mädchen sehen neugierig auf den Bildschirm.

„Da!", ruft Tessa.
15 Annette öffnet ein Profil.

Der Junge auf dem Foto ist hübsch. Er hat schwarze Haare und schöne blaue Augen.

‚Was für Augen', denkt Tessa. ‚Wie Saphire[12].'

Ihr Herz schlägt plötzlich stärker.
20 „Der ist aber süß", meint Annette und liest den Text.

„Sein richtiger Name ist Ben. Er mag Western, Fußball und Autos und er liest gern …"

„Annette! Ich kann das doch selbst sehen."

Tessas Gesicht ist jetzt ganz nah am Bildschirm.

---

[10] der Bison, -s

[11] der Western, -
ein Film; er spielt im „Wilden Westen" in Amerika, meistens mit Cowboys und Indianern

[12] der Saphir, -e

25 „… er liest gern Krimis! Der Name Bison! München! Es passt
alles zusammen. Ich glaube, das ist er!", ruft sie.

„Und was willst du jetzt machen?", fragt Annette.
„Ben weiß vielleicht, was die Notiz bedeutet. Ich frage ihn
einfach", antwortet Tessa.
30 „Warum verabredest du dich nicht mit ihm? Ich komme gern
mit", schlägt Annette vor und spielt mit ihren blonden Locken[13].
‚Das macht sie immer, wenn ihr ein Junge gefällt‘, denkt Tessa
und ärgert sich ein bisschen.

[13] die Locke, -n
hier: *die Haare*

„Nein!", antwortet sie schnell. „Ben ist mein Fall … ich meine,

35 das Buch ist mein Fall. Aber es stimmt. Ich sollte ihm zeigen,
was ich gefunden habe."
„Dann schreib ihm."
Annette macht Platz für ihre Freundin.
Aber Tessa bleibt stehen.

40 „Jetzt? Sofort?"
„Klar! Oder hast du Angst?"
„So ein Quatsch!", ruft Tessa und setzt sich an den Schreibtisch.
Kurze Zeit später hat sie die Nachricht verschickt.

Die Mädchen sehen sich Bens Fotos an.

45 „Er sieht wirklich super aus", stellt Annette fest und spielt
wieder mit ihren Locken. „Habe ich dir schon erzählt, dass
Jonas meine Haare toll findet? Er hat gesagt …"
Tessa hört nicht richtig zu. Sie fühlt sich nicht gut. Ihre Ohren
sind ganz warm.

50 ‚Vielleicht ist Ben doch nicht Bison?', denkt sie voller Sorge.
‚Ich hätte ihm nicht so schnell schreiben sollen. Sicher
bekommt er viele Nachrichten von Mädchen und möchte nicht
auch noch auf meine antworten. Vielleicht hätte ich mehr über
das Buch erzählen sollen? Oder über mich? Ach, egal! Jetzt ist

55 es schon zu spät. Wenn er nicht antworten will …'
„Er hat geantwortet!", ruft Annette.
„Was? So schnell?"
Tessa liest.
Jetzt sind ihre Ohren ganz heiß.   8+9
Aber komisch! Dieses Mal fühlt es sich richtig gut an.   () ▶ 10

4

„Vorsicht! Die Türen schließen. Vorsicht an den Türen!"

Die Durchsage in der S-Bahn ist laut.

Ein Junge mit dunklen Haaren steigt in letzter Sekunde in den

Wagen ein. Für einen kurzen Moment glaubt Tessa: Das ist Ben!

5 Der Junge sieht sie an. Seine Augen sind braun.

‚Schade! Er ist es nicht', denkt Tessa.

Sie ist ein bisschen enttäuscht, aber auch froh. Das Treffen mit

Ben macht sie nämlich ziemlich nervös. Außerdem möchte sie

noch etwas Zeit haben.

10 Der Zug fährt weiter.

Tessa sieht sich die Notiz noch einmal an.

‚FO1, OSTAD – hat das etwas mit Ostern zu tun? Ist 20512

vielleicht die Nummer für ein Zahlenschloss[14]? 10.09. – das

könnte ein Datum sein. Am 10. September fängt die Schule

15 wieder an ... '

Sie legt den Zettel zurück in das Buch.

‚So ein Mist![15] Ich komme einfach nicht weiter. Hoffentlich

kann mir Ben helfen.'

Im Buch liegt auch ein Ausdruck von Bens Antwort:

20   Cool, dass Du mein Buch gefunden hast. Wir
         ziehen um (was für ein Chaos!) und jemand
         muss es in die falsche Kiste[16] getan haben.

---

[14] das Zahlenschloss, ⸚er   [15] Mist! / So ein Mist!   [16] die Kiste, -n

(ugs.) *ein Schimpfwort:*
Tessa ärgert sich.

Dumm gelaufen! ;-)

Ich möchte das Buch gern zurück. Es ist super

wichtig für mich.

Können wir uns morgen Abend treffen? Um halb 8?

Du findest mich auf diesem Fußballplatz: http://

maps.google.de/maps?hl=de&tab=wl

Ben

📄 ▶ 11

Tessa sieht auf ihre Uhr. Noch 20 Minuten bis zu ihrem Treffen.

Ob Ben in Wirklichkeit auch so super aussieht wie auf den

Fotos?

Auf einmal wird ihr klar, dass sie die Nachricht von Annettes

Internetprofil verschickt hat. Ben muss denken, dass sie so

aussieht wie ihre hübsche Freundin.

‚Annette hat weiche Locken und große dunkle Augen. Alle

Jungen in der Schule finden sie toll. Und ich? Meine Haare sind

langweilig und meine Ohren sind viel zu groß.'

Tessa kann nicht mehr ruhig sitzen. Ihr ist schlecht.

„Vorsicht! Die Türen schließen. Vorsicht an den Türen!"

Tessa sieht aus dem Fenster.

Der Zug steht.

„Oh nein!", ruft sie und steht schnell auf.
In letzter Sekunde steigt sie aus.

📄▶ 12 Fast hätte sie die Haltestelle verpasst!

Tessa sitzt auf einer Bank neben dem Fußballplatz.

Sie ist ganz allein.

Da kommt ein großer grauer Hund.

„Knurr, knurr …"

5 Seine scharfen Zähne sind gelb und seine schwarzen Augen blicken gefährlich.

Der Hund macht Tessa Angst, aber sie bleibt sitzen.

„Terminator! Komm sofort zurück!"

Ein dicker Mann läuft hinter dem Tier her. Er ist langsam und

10 nicht sehr fit.

Der Hund bleibt stehen und sieht sich um.

Der Mann winkt mit einem Hundeknochen[17].

Mit lautem Bellen läuft der Hund zu ihm zurück.

Das Mädchen auf der Bank hat er vergessen.

---

[17] mit einem Hundeknochen winken

15 ‚Puh! Das war knapp!'

Tessa steht auf und klopft Schmutz von ihrer blauen Lieblingshose. Die Hose hat fast die gleiche Farbe wie Bens Augen.

‚Ben hat mich vergessen', ärgert sich Tessa. ‚Warum habe ich

20 nicht nach seiner Handynummer gefragt? Jetzt ist es schon kurz vor acht. Lange warte ich nicht mehr!'

„Her mit dem Ding! Oder es gibt was auf die Ohren", ruft plötzlich eine tiefe Stimme.

Fünf ältere Jungen kommen auf Tessa zu.

25 Ihr Herz schlägt schneller.

Ein Junge mit schwarzen Haaren trägt einen Fußball. Der größte Junge in der Gruppe streitet sich mit ihm.

„Ben?", fragt Tessa vorsichtig.

Die Jungen sehen Tessa neugierig an.

30 „Wer will das wissen?", fragt der große Junge.

Er hält jetzt den Fußball in seinen breiten Händen.

Die Gruppe kommt näher.

Zu dumm! Der Junge mit den schwarzen Haaren ist nicht Ben.

„Ich heiße Tessa", antwortet sie mit fester Stimme. „Ich bin hier

35 mit Ben verabredet."

„Mit Ben? Aha!", meint der große Junge und spielt mit dem Ball.

„Kennt ihr ihn?", hofft sie.

„Sehen wir so aus?", antwortet er unfreundlich.

40 Er kommt noch näher.

„Hast du Lust auf ein Fußballspiel?"

„Bist du verrückt, Carlo? Der Ball ist zweimal so groß wie die Kleine", sagt der Junge mit den schwarzen Haaren.

Seine Freunde lachen.

45 Tessa wird sauer. Sie will gehen.

„Warte, nicht so schnell!", beschwert sich Carlo und hält ihren Arm fest. Er ist sehr stark.

„Lass mich!"

Tessa ärgert sich. Wie dumm von ihr, allein hierher zu kommen.

50 Da hat sie eine Idee.

„Terminator! Komm her!", ruft sie so laut sie kann.

Die Jungen sehen sich fragend an. Carlo lacht.

In dem Moment kommt Terminator angerannt.

Carlo lässt sofort Tessas Arm los und geht zur Seite.

55 Der Hund sieht den Ball und springt an dem Jungen hoch.

„Aaaaah!", ruft Carlo und läuft weg. Den Ball hält er fest im
Arm.

Terminator freut sich und rennt ihm nach.

Endlich spielt jemand mit ihm!

▶ 13 60 Die anderen Jungen lachen laut. Aber nicht so laut wie Tessa.

Da klingelt Tessas Handy.

„Tessa! Du musst sofort zurückkommen!"

Annette ist ganz aufgeregt.

„Nichts lieber als das", meint Tessa.

65 „Aber beeil dich! Ben hat geschrieben. Das Fußballtraining fällt
aus. Er schlägt vor, dass ihr euch um acht am Stachus[18] trefft."

Tessa sieht auf ihre Uhr. Die Freude über die Nachricht ist
schnell wieder weg.

„Mist!", ärgert sie sich und läuft los. „Schreib ihm, dass ich
70 komme und dass er auf mich warten soll. Vielleicht liest er
seine Nachrichten."

„Das habe ich schon", erklärt Annette.

„Dann frag ihn noch nach seiner Handynummer. Sonst
verpassen wir uns wieder."

75 „Verschiebt doch einfach euer Treffen[19]", schlägt Annette vor.

„Nein! Ich möchte den Fall heute noch lösen."

Tessa bleibt stehen und denkt nach.

„Die Fahrt mit der S-Bahn dauert zu lange. Mit dem Auto geht
es viel schneller."

80 „Kannst du nicht deine Eltern anrufen?", fragt Annette
vorsichtig.

„Das geht nicht. Sie glauben doch, dass ich mit dir im Kino bin."

---

[18] der Stachus (auch Karlsplatz)
ein Platz in München

[19] ein Treffen verschieben
sich an einem anderen Tag treffen

„Stimmt! Das habe ich ganz vergessen."

Tessa sucht nach einer Lösung.

85 „Hör zu, Annette!", ruft sie plötzlich. „Ich muss Schluss machen. Ich habe einen Plan."

Dann legt sie auf und wählt eine neue Nummer. 📄 ▶ 14

6

„Warum denkst du, dass ich noch mit Schlümpfen spiele? Das ist doch Unsinn!"

Jacob und Tessa sitzen im Auto. Auf der Straße ist viel Verkehr und sie kommen nur langsam vorwärts.

5 Tessa sieht nervös aus dem Fenster.

„Ach, deine Schlümpfe sind mir egal. Ich muss nur so schnell wie möglich zum Stachus", antwortet sie.

„Irgendwie komisch", meint Jacob und sieht Tessa neugierig an. „Du und Annette verabredet euch am falschen Kino und ich

10 muss dich durch halb München fahren. Mama und Papa habe ich erzählt, dass ich mit Sofia unterwegs bin. Was tut man nicht alles für seine kleine Schwester."

Er zieht an Tessas Ohr.[20]

„Aua! Lass das! Das ist nicht komisch."

15 „Oh doch! Und weißt du, was am komischsten ist? Ich habe vorhin gar kein Kino gesehen", erinnert sich Jacob.

Tessa hält ihre Tasche ganz fest und antwortet nicht.

Was soll das? Sonst interessiert sich Jacob doch auch nicht für sie und ihre Freunde!

---

[20] jdn. am Ohr ziehen

20 „Und die Jungen auf dem Fußballplatz? Kennst du sie?",
will er wissen. „Ist einer von ihnen vielleicht dein Freund?"
Tessa wird rot.

„Aha! Meine kleine Schwester hat einen Freund!"
Tessas Ohren sind ganz heiß. Sie sieht wieder aus dem Fenster.
25 „Wann sind wir endlich da?", fragt sie mit viel zu lauter
Stimme.

„Bald. Und keine Sorge. Ich sage Mama und Papa nichts",
meint Jacob nun viel freundlicher. „Ich war auch mal jung."

„Du bist 18 und keine 80!", ruft Tessa und muss unfreiwillig
30 lachen.

‚Jacob kann wirklich schrecklich sein', denkt sie. ‚Aber auch
komisch. Und zum Glück hat mein schrecklich komischer

▶ 15   Bruder jetzt den Führerschein.'

7

....

„Nein! Bei dieser Sache kann ich wirklich nicht helfen."
Die Stimme klingt sehr unhöflich.

„Könnten Sie noch einmal nachsehen? Es ist sehr wichtig",
bittet Tessa.

5 Sie hält ihr Handy fest an ihr Ohr.

„Ich sagte doch: Ich finde keine Informationen über
‚FO1' oder ‚OSTAD' und es gibt auch keine Telefon-
nummer ‚20512'. Es tut mir leid", erklärt die Frau bei
der Auskunft.

10 „Danke", sagt Tessa und beendet das Gespräch.

Sie legt sich auf den Rücken und schließt die Augen.

Es ist Mittag. Die Sonne scheint, die Luft ist heiß.

Die Mädchen liegen auf einer großen roten Decke unter

einem Baum. Dort ist es ruhig. Nicht so laut wie direkt am

Badesee.

„Schade, dass du den Fall noch nicht gelöst hast", sagt Annette

und setzt sich eine Sonnenbrille auf. Ihre Haare sind noch ganz

nass vom Schwimmen.

Tessa sagt kein Wort.

„Ärgerst du dich immer noch, weil Ben letzte Woche nicht auf

dich gewartet hat?"

Tessa legt sich auf den Bauch und drückt das Gesicht in ihr

Handtuch. Der weiche Stoff riecht nach Sonnencreme.

„Pfiheich", sagt sie leise.

„Was hast du gesagt? Ich glaube, ich habe noch Wasser in den

Ohren."

Annette steckt sich einen Finger ins Ohr.

Tessa sieht sie jetzt an.

„Vielleicht", wiederholt sie und setzt sich auf.

„Ich bin sauer! Auf das dumme Buch. Auf die dumme Frau von

der Auskunft. Auf das dumme Internet. Auf … ach!"

Tessa muss blinzeln.

„Weinst du?", fragt Annette überrascht.

„Quatsch! Das ist wegen der Sonne."

Tessa schließt die Augen.

„Und auf Ben bist du besonders sauer, nicht wahr?"

„Nein. Ja. Ich weiß nicht. Vielleicht war er noch dort und ich

habe ihn nicht gesehen? Er wusste ja nicht, wie ich aussehe."

Annette wird ein bisschen rot im Gesicht.

40 Tessa gibt ihr die Sonnencreme.

„Na ja. Am Anfang nicht, aber …"

Annette setzt sich auf und erzählt weiter.

„Ich dachte, sicher ist sicher, und habe Ben ein Foto geschickt.

Das von uns beiden auf der Klassenfahrt nach Berlin."

45 Tessa blinzelt nicht mehr.

„Was? Du hättest mich wenigstens fragen können", beschwert

sie sich.

„Ich wollte nicht, dass ihr euch verpasst. Warum regst du dich so auf? Auf dem Foto siehst du hübsch aus. Wie ein …"

50 „Elefant! Meine Ohren sind schrecklich", ruft Tessa.

„Hör auf damit!", ärgert sich Annette.

Tessa denkt nach.

„Sicher hat Ben das Foto noch vor unserem Treffen gesehen. Deshalb ist er nicht zum Stachus gekommen", sagt sie leise.

55 Annette holt tief Luft.

„Was für ein Unsinn! Außerdem will er doch sein Buch wieder haben, oder nicht? Er meldet sich sicher bald."

Tessa blinzelt schon wieder.

„Ach ja? Ich habe ihm vor ein paar Tagen meine Handynummer

60 geschickt und noch keine Antwort bekommen."

Annette steht schnell auf. Wassertropfen²¹ fliegen durch die Luft. Ein besonders großer trifft Tessas Auge.

„Dann ist er der dümmste Junge der Welt. Und nicht der klügste!", ruft Annette. „Mach dich nicht verrückt. Vergiss bitte

65 nicht, warum du Bison treffen wolltest."

Tessa reibt sich die Augen.

‚Annette hat recht! Es geht um den Fall. Um die Notiz in Bens Buch. Alles andere ist unwichtig', denkt Tessa.

„O.K. Ab sofort sprechen wir nicht mehr über den dümmsten

70 Jungen der Welt."

„Prima." Annette gibt Tessa ihre Sonnenbrille. „Heute ist der letzte Ferientag, also lass uns noch ein bisschen Spaß haben. Komm! Wir holen uns ein Eis."

Sie zieht an Tessas Ohr und lacht.

„Oder mögen Elefanten nur Grünzeug?"

📄 ▶ 16+17

---

²¹ der Wassertropfen, -

8

„Jacob, hör auf zu lesen. Wir essen jetzt", sagt Mama. Sie stellt
die Lasagne auf den Tisch und verteilt sie auf die Teller.
Tessa nimmt ihrem Bruder die Motorsport-Zeitschrift weg.
Sie streiten sich.

5 Papa kommt in die Küche. Er hat zwei Eintrittskarten in der
Hand.
„Hier, Jacob! Ich habe die Tickets für morgen Abend abgeholt.
Wir haben Glück gehabt. Die Show ist jetzt ausverkauft[22]."
„Ist das Jacobs Geschenk?"

10 Tessa nimmt sich schnell die Karten.
„Hey! Gib her!", ruft Jacob.
Er isst gerade eine große Portion Lasagne. Ein Stück Käse
fällt aus seinem Mund. Auf dem weißen Tischtuch ist nun
ein hässlicher Fettfleck.

15 Tessa und Papa müssen lachen.
Mama ärgert sich.
„Das ist nicht komisch, Georg! Sag bitte deinem Sohn, dass
man nicht mit vollem Mund spricht."
„Unserem Sohn", korrigiert Papa und gibt Mama einen Kuss

20 auf den Mund.
Jetzt lacht auch Mama.
„Tut mir leid", entschuldigt sich Jacob schnell und stellt sein
Glas auf den Fleck.
Tessa liest den Text auf den Karten vor:

25 „Das Motorsport Highlight: Die Formel-1[23]-Show mit
großem …"

---

[22] … ist ausverkauft.
Es gibt keine Eintrittskarten mehr.

[23] die Formel-1

Auf einmal hört Tessa auf zu lesen.

Mama, Papa und Jacob sehen sie an und warten.

„Tessa? Hallo?", fragt Jacob.

30 Doch Tessa antwortet nicht.

Sie lässt Messer und Gabel fallen und rennt mit Jacobs Karten
in ihr Zimmer.

„Was ist nur mit deiner Tochter los, Lisa?", fragt Papa.

„Mit unserer Tochter!", meint Mama und isst in Ruhe weiter.

*

35 „,FO1' bedeutet ,Formel-1' und mit ,OSTAD' ist das
Olympiastadion gemeint. Die Show findet am 10. September
statt, also morgen. Das ist es!", ruft Tessa.

Sie sitzt an ihrem Schreibtisch. Bens Buch, der Zettel und die
Tickets liegen vor ihr.

40 Sie kann es nicht glauben. Sie hat den Fall gelöst!

Tessa steht auf und tanzt durch das Zimmer.

Plötzlich bleibt sie stehen.

Nicht ganz! Die Zahl ‚20512' fehlt noch.

Vielleicht …

45 Sie nimmt das Handy und wählt eine Nummer.

„Guten Tag, Münchner Event-Service, was kann ich für Sie

tun?", fragt eine freundliche Stimme.

„Hallo! Könnten Sie bitte nachsehen, ob unter der Nummer

‚20512' Tickets für die Formel-1-Show im Olympiastadion

50 reserviert sind?"

„Einen Moment bitte … Ja, das ist richtig. Und beide Karten

wurden noch nicht abgeholt", meint die nette Frau am Telefon.

„Vielen Dank", sagt Tessa und legt auf.

‚Ich hatte recht! Ben mag Autos. Er hat Eintrittskarten für

55 die Show reserviert. Und ohne die Nummer kann er sie nicht

abholen.' Tessa denkt einen Moment nach. ‚Soll er sich doch

melden, wenn er die Tickets haben will. Dumm gelaufen, Bison!'

📄 ▶ 18–20 Sie legt den Zettel zurück ins Buch und freut sich.

( ) ▶ 21 Der Fall ist gelöst. Alles andere ist unwichtig.

9

22 ◀ 📄 „Meine Süße! Nicht einschlafen!", sagt Mama leise.

Es ist früh am Morgen. Die ganze Familie frühstückt.

Mama bietet Tessa einen Kakao an. Er riecht wunderbar nach

Schokolade.

„Hier! Der macht dich wach."

Tessa trinkt.

Der Kakao schmeckt nicht süß genug.

Tessa gibt noch einen Löffel Zucker dazu. Und noch einen und noch einen …

10 „Da ist aber jemand noch sehr müde."

Papa lacht und legt seine Hand auf Tessas Arm.

Oh je! Die halbe Tasse ist voll Zucker.

„Freust du dich auf die Schule?", will Papa wissen.

„Ja, schon", antwortet Tessa und gähnt[24].

15 ‚Aber viel lieber würde ich noch mehr aufregende Fälle lösen als langweilige Mathematik-Aufgaben', denkt sie.

Tessa trinkt ein Glas Orangensaft. Vielleicht macht der sie wach.

Jacob probiert den Zuckerkakao.

20 „Mhmm. Nicht schlecht."

Er trinkt die Tasse leer und klopft sich zufrieden auf den Bauch.

Mama lacht.

„Darf ich heute mit dem Auto zur Schule fahren? Es regnet. Und außerdem wollte ich Sofia abholen", fragt Jacob.

25 „Aber nur, weil heute der erste Schultag ist", meint Papa und stellt seinen Teller in die Spülmaschine.

Tessa hilft beim Aufräumen.

„Kann ich mitfahren?", fragt sie.

„Na gut. Aber Sofia sitzt neben mir, klar?"

30 Jacobs Stimme wird leiser.

„Sollen wir deinen Freund auch abholen?"

„Was für einen Freund?", fragt Mama überrascht.

---

[24] gähnen
*Wenn du sehr müde bist,
musst du* gähnen.

„Ach, niemand!", ruft Tessa und sieht ihren Bruder böse an.

Dann muss sie plötzlich lachen.

35 Sie zeigt auf Jacobs Gesicht.

„Du hast da …"

Papa legt den Autoschlüssel auf den Tisch.

Jacob nimmt ihn schnell und steht auf.

„Denk daran, mein Sohn! Ein Auto ist kein Spielzeug. Fahr bitte

40 vorsichtig."

„Mache ich", verspricht Jacob und geht.

„Komm endlich, Schwesterchen!", ruft er von draußen. „Sofia

wartet."

„Meine Schultasche ist noch oben", antwortet Tessa und rennt

45 aus der Küche.

Im Flur bleibt sie kurz stehen. Sie muss schrecklich lachen.

‚Das wird ein Spaß, wenn Sofia Jacob sieht. Er tut immer

so erwachsen, aber eigentlich ist er nur ein großer Junge mit

Führerschein. Oder gehen alle Erwachsenen morgens mit einem

Kakaoschnurrbart[25] aus dem Haus?'

📄▶ 23

10

„London ist so cool! Man kann tolle Kleidung kaufen, in schöne

Cafés gehen und viele Museen besuchen. Und die Jungen sehen

auch nicht schlecht aus", sagt Lena.

Sie und die anderen Mädchen lachen. Annette lacht so laut, dass

5 ihre Locken wackeln.

---

[25] der Kakaoschnurrbart, ⸚e

‚Wen interessiert es, was die dumme Kuh[26] in den Ferien gemacht hat? Ich verstehe nicht, warum Annette sich das anhört', denkt Tessa sauer und hält sich die Ohren zu. Sie sitzt auf einer Bank im Schulhof und liest in einem neuen Buch. Der Regen hat aufgehört. Die Luft ist frisch und die Sonne scheint.

„Ding-dang-dong."
Die Pause ist vorbei.
Schade! Tessa würde gern noch weiterlesen.
Sie geht los.
Sie will das Buch in ihre Tasche stecken und sieht nicht, dass jemand im Weg steht.
„Aua! Mein Fuß! Du hast es aber eilig", sagt ein Junge.
Tessa lässt das Buch fallen. Es wird ganz nass.
„Pass doch auf! Hast du keine Augen im Kopf?", ruft sie und ärgert sich.
Sie sieht den Jungen an.
‚Was für Augen! Wie Saphire.'
„Entschuldigung. Das war keine Absicht. Ich bin neu hier und …"
Die Saphiraugen werden größer.
„Tessa?"
„Ben?"
Tessa kann es kaum glauben. Vor ihr steht Ben!
Schnell legt sie ihre Haare über die Ohren.
„Was machst du denn hier?"
„Wir sind in die Gegend gezogen und jetzt gehe ich auf diese Schule", erklärt Ben.

---

[26] Dumme Kuh!
ein Schimpfwort

„Warum hast du mich nicht angerufen?"

Tessa ärgert sich sofort über ihre dumme Frage.

„Äh, willst du dein Buch nicht zurückhaben?", sagt sie schnell.

35 „Doch! Natürlich. Ich habe eure Nachrichten leider erst heute
Nacht gelesen. Das ist alles ziemlich dumm gelaufen. Ich gebe
dir besser meine Handynummer. Sicher ist sicher."

Ben schreibt eine Nummer auf ein Stück Papier und will es
Tessa geben.

40 Tessa sieht das Papier nur an. Sie ist immer noch böse auf ihn.

Ben versucht zu erklären.

„Du bist nicht zu unserer Verabredung gekommen. Da habe ich
gedacht, es ist dir nicht wichtig. Für dich ist es ja nur ein Buch.

Ich hatte an dem Tag so viel zu tun, denn am nächsten Morgen
45 sind wir umgezogen. Und dann war ich mit meinem Großvater
im Urlaub. Ohne Internet, ohne Handy. Er mag das nämlich
nicht."
So war das also! Ben wollte sie wirklich treffen.
Tessa kann nicht länger sauer sein. Sie möchte cool bleiben,
50 aber ihr Herz schlägt ganz laut. Hoffentlich kann Ben es nicht
hören.
Endlich nimmt sie seine Handynummer.
„Dein Buch kann ich dir morgen mitbringen", schlägt sie vor.
„Aber den Zettel brauchst du sicher noch heute."
55 „Was für einen Zettel?", fragt Ben neugierig.
„Den Zettel mit der Reservierungsnummer für die Tickets."
„Was? Der ist in dem Buch?", ruft Ben und fängt an zu lachen.
„Deshalb wolltest du es doch wiederhaben", meint Tessa.
„Nein. Meine Oma hat es mir geschenkt. Sie ist letztes Jahr
60 gestorben. Deshalb bedeutet mir das Buch so viel."
Ben sieht traurig aus.
„Der Zettel mit der Nummer war plötzlich weg und nun gibt es
keine Karten mehr. Aber jetzt kann ich doch noch hingehen",
freut sich Ben nun.
65 „Willst du vielleicht mit zur Show kommen?", fragt er und sieht
plötzlich unsicher aus.
‚Möchte er wirklich, dass ich mitkomme? Oder will er nur nett
sein?'
Tessa sieht in seine schönen Augen.
70 ‚Oh je, ist das kompliziert.'

„Tessa, komm schon, beeil dich!"

Annette steht plötzlich vor ihr und zieht an ihrem T-Shirt.

„Der Unterricht hat schon angefangen. Herr Lorenz wird gleich sauer."

75 Sie holt tief Luft und hustet.

„Hallo", sagt Ben freundlich.

Annette sieht Ben an und hustet stärker. Ihr Gesicht wird rot wie eine Tomate.

„Ha … ähm … hallo."

80 Tessa muss lachen.

„Ich gehe jetzt besser auch in den Unterricht. Gleich nach der Schule rufe ich dich an, Tessa!", verspricht Ben und geht zum Eingang.

Tessa sieht ihm nach.

85 Annette blinzelt. Sie setzt ihre Sonnenbrille auf.

„Lustig! Der Junge sieht aus wie Ben! Wer war das?"

„Ben!", antwortet Tessa und lacht fröhlich.

Annettes Augen werden fast so groß wie ihre Sonnenbrille.

Ihr Mund steht offen.

90 „Was …?"

Tessa nimmt Annettes Hand.

▶ 24+25 „Ich erkläre dir alles später. Komm jetzt!"

Tessa und Annette laufen die Treppe hoch bis zu ihrem Klassenzimmer. Tessa will die Tür öffnen, aber ihre Freundin

95 hält ihren Arm fest.

„Sag schon! Seid ihr verabredet?"

Tessa lächelt nur.

„Dann ist Ben also doch der klügste Junge der Welt", meint
Annette zufrieden.

100 „Auf jeden Fall ist er der süßeste!"
Beide Mädchen lachen.
In Tessas Bauch tanzen Schmetterlinge[27].
Das verpasste Treffen, der Ärger mit den Nachrichten, die Sorge
um ihre Elefantenohren – all das hat sie vergessen.

105 Tessa öffnet die Tür und die Freundinnen gehen zusammen ins
Klassenzimmer.   📄 ▶ 26
Das neue Schuljahr kann beginnen!   ( ) ▶ 27

---

[27] der Schmetterling, -e

1   Ferien   ( ) ▶

Was macht ihr gern in den Ferien? Sammelt Ideen.

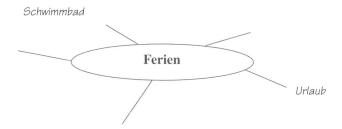

Schwimmbad

Ferien

Urlaub

2   Tessa und Annette   📄 ▶

Was ist richtig? Markiere.

Annette und Tessa sind <u>Freundinnen</u>/Sch~~western~~.

Annette und Tessa waren *in der Schule. / am Badesee.*

Sie fahren mit dem Rad *nach Hause. / zur Schule.*

Annette fährt *langsam/schnell.* Sie ist *müde/sportlich.*

Tessa will *schnell nach Hause. / nicht nach Hause.*

Sie und ihr Bruder Jacob bekommen *am Abend / am ersten Schultag* ein Geschenk.

Tessa will in den Ferien *gern aufregende Dinge erleben. / am liebsten nichts machen.*

Tessa glaubt, dass ihre Überraschung *eine Reise / ein neues Fahrrad* ist.

3   Überraschung!   📄 ▶

Was ist richtig? Kreuze an.

1   Jacob ist 18 Jahre alt und hat den Führerschein gemacht.

   a   ○ Er darf jetzt Auto fahren.

   b   ○ Er darf jetzt mit Erwachsenen im Auto mitfahren.

2 Jacobs Überraschung

   a ○ Er darf mit Papas Auto fahren.

   b ○ Er darf sich ein Geschenk aussuchen.

3 Tessas Überraschung

   a ○ Wenn Tessa erwachsen ist, darf sie in den Urlaub fahren.

   b ○ Tessa ist sauer. Sie hat keine Überraschung bekommen.

4 **Bekommt Tessa noch eine Überraschung?** ◀▤

Was denkst du? Kreuze an.

  ○ Ja, Tessa bekommt später noch eine Überraschung: Es ist eine Reise.

  ○ Nein, Mama hat die Überraschung für Tessa vergessen.

5 **In Tessas Zimmer** ▤▶

Was passt? Ordne zu.

1 Tessa will nicht mit Mama reden,	a die ganze Familie nach London.
2 In diesem Jahr hat die Familie	b was der Zettel bedeutet.
3 Aber im Frühjahr fährt	c weil sie kein Geschenk bekommen hat.
4 Mama schenkt Tessa außerdem	d denn in den Ferien passiert doch noch etwas Spannendes.
5 Mit den Krimis	e einen geheimnisvollen Zettel.
6 In einem Buch findet Tessa	f Sherlock-Holmes-Krimis vom Flohmarkt.
7 Das Buch gehört einem Jungen.	g kein Geld mehr für eine Reise.
8 Tessa will herausfinden,	h Er heißt „Bison".
9 Sie freut sich,	i kann sich Tessa auf die Reise vorbereiten.

35

6   Kennt ihr Sherlock Holmes? ( ) ▶

Sucht Informationen und beantwortet die Fragen.

Wo wohnt er?

_____

Was ist er von Beruf?

_____

Wie sieht er aus? _____

_____

Seine Eigenschaften? _____

_____

7 Den Fall lösen! ( ) ▶

a   **Was bedeutet die Notiz auf dem Zettel? Was glaubt ihr? Diskutiert.**

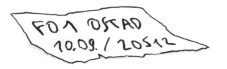

Ich glaube, F01 OSTAD bedeutet …

Ich glaube, 10.09. ist …

20512 könnte …

b   **Ihr wollt den Fall lösen. Was macht ihr? Macht Notizen.**

_____

_____

_____

8 **Auf der Suche nach Bison** 📄▶

Richtig (r) oder falsch (f)? Kreuze an.   r   f

a Tessa und Annette suchen den Namen „Bison"   ◯   ◯
   im Internet.

b Sie finden einen Jungen. Er heißt Ben und   ◯   ◯
   wohnt in Hamburg.

c Tessa findet, dass Ben wunderschöne Augen hat.   ◯   ◯

d Tessa glaubt, Ben ist „Bison".   ◯   ◯

e Tessa glaubt nicht, dass Annette   ◯   ◯
   Ben auch toll findet.

f Tessa schreibt Ben eine Nachricht und   ◯   ◯
   wartet nervös auf die Antwort.

g Ben antwortet nicht.   ◯   ◯

9 **„… er liest gern Krimis! Der Name Bison! München!
   Es passt alles zusammen. Ich glaube, das ist er!"** 📄▶

**Warum ist Tessa so sicher, dass Ben „Bison" ist? Ergänze Tessas
Gedanken.**

a Ben liest gern Krimis …

   Und ich habe den Zettel

   _____

b Ben mag Western-Filme …

   Und in Western

   _____

c Ben wohnt in München …

   Und Mama

   _____

10 Tessas Nachricht an Ben ( ) ▶

Bildet Gruppen und schreibt Tessas Nachricht. Die Begriffe im Kasten helfen euch.

Flohmarkt   „Bison"   fragen   gehören

Sherlock-Holmes-Buch   treffen?

Hallo Ben,

_____

_____

_____

_____

_____

11 In der S-Bahn 📄 ▶

Lies noch einmal Bens Antwort an Tessa und beantworte die Fragen.

a Wohin fährt Tessa? _____

b Warum fährt sie dorthin? _____

c Was möchte Ben von Tessa? _____

d Hat Tessa Ben von dem Zettel im Buch erzählt? Was glaubst du?
   Warum (nicht)?

_____

12 **Tessa denkt nach** 📄▶

Ergänze die Wörter aus dem Kasten.

S-Bahn • toll • Tessa • Haltestelle • hübsch • Treffen • aufgeregt

Annette • nervöser • aussieht • Notiz

Tessa sitzt in der _S-Bahn_ und fährt zum _____ mit Ben. Sie
findet Ben _____, will ihn gern kennenlernen und ist _____.
Außerdem weiß er vielleicht, was die _____ auf dem Zettel
bedeutet. Tessa denkt auch über Annette nach. Sie ist sehr _____
und sie gefällt allen Jungen. _____ findet sich selbst nicht so
hübsch. Plötzlich fällt ihr ein, dass Ben nicht weiß, wie sie _____.
Ben denkt, er trifft sich mit _____. Da ist Tessa noch _____.
Fast verpasst sie ihre _____.

13 **Auf dem Fußballplatz** 📄▶

Bring die Sätze in die richtige Reihenfolge und ergänze die Lösung.

☐ O Ein Hund macht Tessa Angst. Er heißt Terminator.

1️⃣ W Tessa ist ganz allein auf dem Fußballplatz.

☐ S Da kommen ein paar ältere Jungen.

☐ I Tessa denkt: Ben hat mich vergessen.

☐ N Terminator hilft Tessa: Carlo hat Angst und läuft weg.

☐ B Carlo und seine Freunde machen Tessa Angst.

☐ E Tessa ruft Terminator.

W			T			?
1	2	3	4	5	6	7

14 Nachricht von Ben 📄 ▶

Wie geht es weiter? Was denkst du? Beantworte die Fragen.

a   Wen ruft Tessa an?

_____

b   Wartet Ben am neuen Treffpunkt?

_____

15 Im Auto 📄 ▶

Welche Zusammenfassung passt? Kreuze an.

○   **A**   Jacob fährt Tessa zum neuen Treffpunkt in der Stadt.
Tessa hat Jacob erzählt, dass sie und Annette ins Kino gehen.
Die Eltern wissen, dass Jacob Tessa durch die Stadt fährt.
Jacob fragt Tessa, ob sie einen Freund hat.
Tessa will Jacob nicht von Ben erzählen.

○   **B**   Jacob bringt Tessa zum neuen Treffpunkt in der Stadt.
Tessa hat Jacob erzählt, dass sie mit Annette ins Kino geht.
Die Eltern denken, dass Jacob seine Freundin besucht.
Jacob glaubt, Tessa hat einen Freund.
Tessa will nicht mit Jacob über Ben reden.

16 Eine Woche später ... 📄 ▶

Beantworte die Fragen. Wo im Text hast du die Information gefunden?

a Hat Tessa Ben getroffen?

Nein, Ben hat nicht auf Tessa gewartet. (Zeile 20–21)

b Hat Tessa den Fall gelöst?

_____

c Hat Ben Tessa geschrieben oder sie angerufen?

_____

d Will Tessa Ben überhaupt noch kennenlernen?

_____

17 Tessa denkt über Ben nach 📄 ▶

Was sagt Annette dazu? Ordne zu.

Tessa:

1 Ben wusste nicht, wie ich aussehe.   b

2 Auf dem Foto sehe ich total blöd aus!   ____

3 Ben ist nicht zum Treffpunkt gekommen,
  weil ihm mein Foto nicht gefallen hat.   ____

4 Aber Ben ruft mich auch nicht an.   ____

5 Du hast recht. Lass uns Ben vergessen.   ____

Annette:

a Wenn er nicht anruft, ist er einfach dumm.

b Doch, ich habe ihm noch schnell ein Foto von dir geschickt.

c Gut so. Komm, wir kaufen ein Eis.

d So ein Quatsch. Er möchte doch sein Buch zurückhaben.

e Das stimmt doch gar nicht.

18 Tessa löst den Fall 📄▶

Richtig (r) oder falsch (f)? Kreuze an.   r   f

a   Die Familie sitzt beim Essen.   ◯   ◯

b   Jacob bekommt sein Geschenk.   ◯   ◯

c   Es ist eine Zeitschrift.   ◯   ◯

d   Jacob isst sehr ordentlich.   ◯   ◯

e   Papa ärgert sich über Jacob.   ◯   ◯

f   Tessa liest aus der Zeitschrift vor.   ◯   ◯

g   Jacobs Geschenk erinnert Tessa an den Fall.   ◯   ◯

h   Ben hat Tickets für die Autoshow reserviert.   ◯   ◯

19 „Tessa Holmes" 📄▶

Was bedeuten die Notizen auf dem Zettel? Ordne zu.

Formel-1 • Reservierungsnummer • 10. September • Olympiastadion

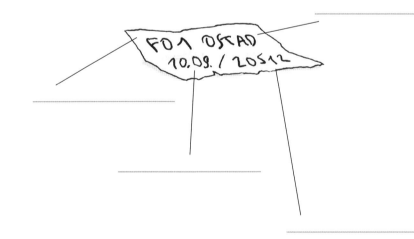

20 Tessa schreibt eine SMS an Annette 📄 ▶

Ergänze.

hingehen • Reservierungsnummer • gebe • Zettel • anruft •

Eintrittskarten • F̶a̶l̶l̶ • ausverkauft

Hallo Annette,

ich habe den _Fall_ gelöst! Ben hat _____ für diese Autoshow

reserviert. Die Infos dazu stehen auf dem _____. Die Show ist

_____. Wenn er den Zettel mit der _____

nicht hat, kann er nicht _____. Aber ich _____ ihm die

Nummer nicht. Wenn er mich nicht _____, ist das sein Pech!

Tessa

21 Tessa hat die Nummer. Ben kann nicht zur Show … ( ) ▶

Wie findet ihr, was Tessa macht? Diskutiert.

Ich finde/denke/meine, dass Tessa …

Ich finde es nicht richtig, weil …

Tessa hat recht/unrecht …

Das ist gemein/richtig/… von Tessa, weil …

Tessa ist gemein. Ben möchte sicher sehr gern zur Autoshow gehen. Ich finde, Tessa sollte Ben schreiben.

Tessa hat recht. Wenn Ben sich nicht meldet, dann hat er Pech gehabt.

22 Wie geht es weiter? ◀ 🖹

Verwende Wörter aus dem Schüttelkasten und schreib damit drei Sätze.

Ben   Schule   (sich) treffen   Buch   Tessa   vergessen

anfangen   Zettel   brauchen   melden   Autoshow   nicht

Die Schule fängt wieder an _____ .

_____ .

_____ .

_____ .

23 Die Schule fängt wieder an! 🖹 ▶

Was ist richtig? Kreuze an.

1 Tessa, Jacob und die Eltern sitzen beim …

   a ◯ Mittagessen.

   b ◯ Frühstück.

2 Tessa gibt zu viel Zucker in ihren Kakao.

   a ◯ Sie trinkt ihn trotzdem.

   b ◯ Jacob trinkt ihn.

3 Tessa möchte gern …

   a ◯ noch ein spannendes Rätsel lösen.

   b ◯ Mathematik-Aufgaben machen.

4 Jacob darf mit dem Auto zur Schule fahren. Er nimmt …

   a ◯ Tessa und ihren Freund mit.

   b ◯ seine Freundin Sofia und Tessa mit.

5 Tessa lacht über ihren Bruder, denn …

   a ◯ Jacob hat Kakao im Gesicht.

   b ◯ für Sofia ist Jacob ein kleiner Junge.